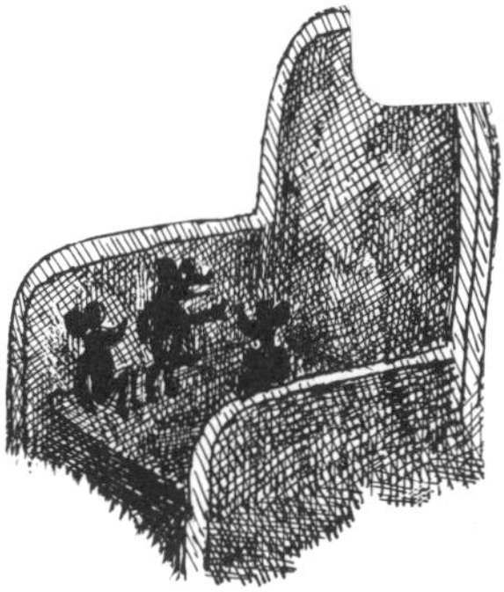

Büchergilde Gutenberg

Jean Van Leeuwen
Die große
Käse
Verschwörung
aus dem Amerikanischen von
Lionel v. dem Knesebeck
illustriert von
Chlodwig Poth

Originaltitel: The Great Cheese Conspiracy
Originalverlag: Dell Publishing Co., Inc., New York
Deutsche Übersetzungsrechte durch Sheldon Fogelman
Lektorat: Ursula Heckel

Lizenzausgabe für die Büchergilde Gutenberg,
Frankfurt am Main, Otten, Wien,
mit freundlicher Genehmigung des
C. Bertelsmann Verlages, München

Gesamtherstellung: Mohndruck Graphische Betriebe GmbH, Gütersloh
ISBN 3 7632 3382 2 · Printed in Germany 1988

Inhalt

Totale

Die Idee

An einem verregneten Sonnabend in New York habe ich einen großartigen Einfall.

Meine Bande und ich haben es uns auf einem der roten Samtsitze des Bijou-Kinos bequem gemacht, in der ersten Reihe des Balkons. Wir schauen uns die Vormittagsvorstellung von »Die Posträuber« an. Es riecht äußerst angenehm nach warmem Popcorn und nassen Regenschirmen. Wenn es auf der Leinwand nicht zu laut zugeht, hört man das gemütliche Geräusch, das kauende, schmatzende und manchmal schnarchende Menschen verursachen.

Ich schaue den Polizisten zu. Gerade werden Biggs und seinen Komplizen die Handschellen angelegt, und auf der Leinwand erscheint das Wort »Ende«.

»Was für eine blöde Art, die Beute zu verlieren«, murmele ich angewidert. »Ich wäre spielend entkommen.«

Raymond die Ratte richtet sich auf und nimmt die Brille ab. »Es scheint dort wirklich Fehler in der Organisation gegeben zu haben«, stimmt er zu.

Fatty Zündhütchen ist still. Natürlich schläft er mal wieder. Ich lasse ihn einen meiner gefürchteten Griffe spüren: Ich zwicke ihn in den Schwanz.

Er murmelt: »Mmmmh. Jawohl, Boss, jawohl.«

Genau in diesem Augenblick kommt mir DIE IDEE. »Treffen im Beratungszimmer. Sofort!« flüstere ich und stiefele los.

Das Beratungszimmer befindet sich im hinteren Teil des Kinos im Topf einer künstlichen Palme. Die Mitglieder meiner Bande treffen nach und nach ein.

»Parole?« zische ich Fatty zu.

Er setzt sich hin und untersucht die Verpackung eines Schokoladenriegels. »Sassafras Tee?«

»Das war letzte Woche.«

»Konstantinopel«, hilft Raymond aus.

Ich nicke ihm zustimmend zu, aber dann muß ich feststellen, daß er aus den Augenwinkeln die Vorschauen auf künftige Filme studiert. Es wird wohl

Nahaufnahme
Treffen im Beratungszimmer, sofort!

mal wieder Zeit, ihnen klarzumachen, wer hier der Boss ist.

»Ähem!« sage ich also mit meiner stählernsten Stimme, reiße Fatty die Schachtel aus den Händen und starre Raymond mit meinem stechendsten Blick an.

Endlich hören sie mir so zu, wie es einem Boss gebührt.

»Ich habe etwas Wichtiges zu verkünden«, sage ich und mache eine Pause. Das sollen sie erstmal verdauen. Dann lasse ich eine Rede vom Stapel: »Ich denke, jetzt beginnen für uns große Zeiten.«

»Große Zeiten«, wiederholt Fatty. Manchmal braucht er eine ganze Weile, um die Bedeutung meiner Sätze zu begreifen.

»Große Zeiten«, sage ich mit fester Stimme. »Wir haben jetzt genug Beispiele gesehen, um selbst ein großes Ding zu drehen. Schluß mit Mundraub. Überfälle auf Popcorn-Automaten sind Kleinkram. Wir richten unser Augenmerk auf Größeres.«

Raymond die Ratte zwirbelt seine Schnurrbarthaare, wie immer, wenn er nachdenkt. »Du meinst«, sagt er endlich, »wir werden eine Bank ausrauben?«

»Ich liebe aber Popcorn und Schokoladenriegel«, murmelt Fatty. Keinerlei Phantasie, keinen Ehrgeiz haben die beiden!

»Niemand ist besser trainiert als unsere Bande«, fahre ich beschwörend fort und versuche sie mitzureißen, wie das ein Anführer sollte. »Wir haben mindestens hundert Überfälle im Kino gesehen, und wir wissen – und ich weiß –, wie man Fehler vermeidet. Was kann schon schiefgehen?«

Es scheint, als könne ich mich wenigstens Raymond verständlich machen. Er ist der Denker und überlegt alles sehr sorgfältig. Langsam nickt er mit dem Kopf.

Fatty Zündhütchen dagegen stellt seine übliche Frage: »Werden wir sprengen?« Er liebt nur die Stellen in Filmen, in denen der Safe aufgesprengt wird.

Ich mache mir gar nicht die Mühe, darauf zu antworten. Raymond hat eine bessere Frage: »An was für ein Ding denkst du denn?«

»Ich weiß noch nicht«, gebe ich zu. Dann lasse ich die Bombe platzen. »Aber es wird *draußen* stattfinden.«

Lange Pause.

»Draußen«, wiederholt Fatty endlich leise. Er sagt es so, als spräche er von Schokoriegeln.

Raymond unterbricht ihn fast sofort. »Das kannst du nicht machen«, sagt er zu mir. »Keine Maus, die je dieses Kino verlassen hat, ist lebendig zurückgekommen.« Er schüttelt den Kopf. »Nein, Marvin, das ist viel zu gefährlich.«

»Unsinn. Und nenn mich nicht Marvin.«

»Der Große Gnadenlose Marvin«, murmelt Raymond.

»Das ist schon besser«, sage ich und strecke und recke mich zu voller Länge auf. »Jungs, es ist mein fester Entschluß. Ich gehe nach draußen. Und ich finde eine Sache für uns, die unseren Talenten angemessen ist!«

Draussen

Ich lasse ihnen keine Zeit, länger darüber nachzudenken. Und mir auch nicht. Die Tragweite meiner Idee läßt mich selbst schaudern, aber ich kann nicht mehr zurück: Schneller als eine Kugel rase ich Richtung Seitenausgang; dabei achte ich darauf, nicht entdeckt zu werden. Ich schlüpfe wendig zwischen Füßen, Regenschirmen, Taschen und leeren Schuhen hindurch. Sonst hätte ich wohl haltgemacht, um das alles zu untersuchen, aber heute denke ich nur ans Geschäft. Ein richtiger Profi!

Kurz darauf lauere ich unter einem Sitz; gegenüber leuchtet das kleine rote Schild, auf dem »Ausgang« steht. Ich warte darauf, daß endlich einer der Besucher hinausgeht.

Aber im Moment rührt sich keiner, sie warten stehend darauf, daß sich die Tür öffnet.

Ich trippele auf und ab, ungeduldig und begierig, mein Abenteuer zu beginnen.

Da fallen meine Augen auf einen Einkaufskorb, der auf dem Boden steht. So einer Einladung kann ich natürlich nicht widerstehen, und in der Hoffnung auf einen schnellen Imbiß springe ich hinein. Ich schlage meine Zähne in etwas Weiches, ziemlich Trockenes, das am Gaumen klebenbleibt. Ich spucke es aus: Strickwolle! Ich bin in einen Strickkorb geraten. Sofort ist mir klar, daß ich hier meine Zeit vergeude. Ich will gerade abhauen, als etwas Seltsames passiert: Ich falle unsanft vom Rand des Korbes in die Tiefe und lande hart auf einigen Stricknadeln. Gleichzeitig setzt sich der Korb in Bewegung.

»Entschuldigen Sie bitte«, sagt eine Stimme, die Stimme einer alten Dame. Und dann bewegt sich der Korb weiter, Richtung Ausgang, wie ich hoffe.

Peng, krach, bumm. Jeder Schlag haut mich auf die Stricknadeln. Ich beiße die Zähne zusammen und ertrage den Schmerz. Krach, bumm. Jetzt verwickle ich mich auch noch in der Strickwolle.

Dann höre ich, wie eine Tür geöffnet wird, und spüre den kältesten Lufthauch meines Lebens. Kälter als die

Klimaanlage! Ich muß lächeln. Ich habe es geschafft! Ich bin draußen. Ich versuche, im Korb nach oben zu klettern, aber ich bin hilflos in der Strickwolle verheddert.

Da höre ich erneut die Stimme. »Taxi«, ruft sie.

Ich bin verzweifelt. Wenn ich von einer alten Dame in einem Taxi entführt werde, werde ich nie mehr nach Hause finden. Nie werde ich das Verbrechen des Jahrhunderts begehen, nie mit meiner Bande berühmt werden.

Das einzige, was mir im Moment einfällt, ist: mit aller Kraft in den Korb zu beißen.

Er schmeckt nicht so gut wie zum Beispiel gesalzene Erdnüsse, aber ich zwinge den Bissen runter. Noch zwei Bissen, und das Loch ist groß genug, um durchzuschlüpfen. Irgendwie befreie ich mich aus der Wolle und lande kopfüber in einer großen Pfütze.

Dies ist kein sehr würdevoller Anfang. Wenn man aber bedenkt, wie knapp meine Flucht gelungen ist, so kann ich froh sein, es überhaupt geschafft zu haben.

Ich rapple mich auf und blicke mich um. All das kenne ich bereits aus dem Kino, natürlich, aber jetzt ist es Wirklichkeit: Gebäude, die in den Himmel wachsen, glänzende Lichter, dröhnende Hupen. Und alles ist in Bewegung. Aber das echte Draußen ist ganz anders als

im Film; weit und leer und voller Versprechungen. Ich vergesse fast, warum ich hier bin. Ich bin glücklich, und ich atme tief ein.

Da fährt ein Auto vorbei und bespritzt mich von oben bis unten, und ich merke, daß dies nicht die Zeit zum Träumen ist. Also setze ich meine Mission fort. Um nicht entdeckt zu werden, drücke ich mich ganz dicht an eine Hausmauer und studiere die Straße. Als erstes ein Blick auf die Geschäfte in der Nähe des Kinos: gleich nebenan ein Blumengeschäft. Keine große Sache. Dann ein Kleiderladen. Kein Interesse. Eine Bank! Natürlich weiß ich alles darüber, wie man eine Bank knackt, aber was tut man mit all dem Geld? Es hat einen sehr trockenen Geschmack.

Und dann sehe ich ES oder besser, ich rieche ES: scharfer, köstlicher, duftender, appetitlicher Käse.

Ich folge blindlings meiner Nase, wenn ich auch glaube, daß das zu schön ist, um wahr zu sein.

Aber es stimmt – ein kleiner Laden mit nichts als Käse darin befindet sich an der Ecke. Das Ladenschild kann ich nach meinem langen Studium von Filmuntertiteln leicht entziffern: »Der Käse-Laden« steht darauf.

Ich stelle mich auf die Zehenspitzen, um durch die Glastür zu spähen. So weit mein Auge reicht, nichts als Käse – Käse in Schachteln, Käse in Kästen, Käseräder und

Käsescheiben, Käse in Gläsern und im Schrank. Hier sind alle Käse meiner Träume unter einem Dach versammelt!

Ich zwicke mich, um sicher zu sein, daß ich nicht träume. Dann reiße ich mich zusammen. Jetzt ist keine Zeit zu vertrödeln. *Hier kommen die großen Zeiten.* In Gedanken wiederhole ich die Regeln, auf die ich meine Bande eingeschworen habe, und versuche mich an die Reihenfolge zu erinnern.

Natürlich! Regel Nummer eins heißt: *Das Umfeld klären.*

Immer dicht an der Hausmauer entlang umrunde ich den Laden. Ich merke mir die Anzahl der Ein- und Ausgänge: zwei. Ich studiere die Konstruktion des Gebäudes: roter Ziegel, verwahrlost, aber solide. Ich präge mir die Öffnungszeiten ein, die in verwaschenen Goldlettern auf das Schaufenster gemalt sind: neun Uhr bis halb sechs am Nachmittag. Ich mustere den mit Mülltonnen vollgestellten Durchgang hinter dem Laden. All das wird später wichtig sein!

Dann schleiche ich mich erneut zur vorderen Tür, um DIE BEUTE noch einmal zu betrachten. Im Laden ist es ziemlich dunkel. Nur eine einzige Glühbirne baumelt über der Ladenkasse. Im Dämmerlicht dieser Birne kann ich die schattenhaften Umrisse eines Mannes erkennen,

der am Ladentisch lehnt und in einem großen Buch blättert.

Mein Herz schlägt schneller.

Das ist DER FEIND.

Lange Zeit betrachte ich ihn und suche nach Angriffsflächen. Er ist groß und sieht böse aus mit seinem hageren Gesicht und dem herabhängenden Bart. Wie der Große Boss in Filmen. Aber sein Haar ist weiß, und er trägt eine Brille, die ihm immer wieder auf die Nasenspitze rutscht. Und er ist klapperdürr. Ich glaube, für meine Bande ist er kein Hindernis. Wir sind sicher schneller und gewitzter als er und haben bestimmt die besseren Nerven.

Schließlich klappt er das Buch zu und holt seinen Mantel, und ich merke, es wird Zeit zu verschwinden.

Auf dem kürzesten Weg rase ich zum Kino zurück. Dabei achte ich auf Katzen, die auf Beutezug sind. Dann warte ich neben einer Tür, über der »Ausgang« steht. Nach einer Weile kommt jemand heraus, und ich schlüpfe hinein.

Der Plan

Raymond die Ratte und Fatty Zündhütchen lungern noch im Beratungszimmer herum. Sie bemerken mich nicht, denn Raymond liest gerade aus dem *New York Globe* vor. »Außer Kontrolle geratener Kraftwagen zerstört Telefonzelle in der 44. Straße, Ecke Broadway«, liest er laut. »Fahrer und zwei Passanten verletzt.«

Traurig schüttelt er den Kopf. »O Marvin, wir hätten dich nicht gehen lassen dürfen. Wann werden wir uns wiedersehen?«

Fatty knabbert sorgenvoll an einem Popcorn. Ich glaube, in seinem linken Auge steht eine Träne.

»Ich werde nie vergessen, wie lieb er war, als mein Schwanz sich im Popcornautomaten verfing«, sagt er seufzend, »es war so eine heldenhafte Rettung.«

Das ist mehr, als ich vertragen kann. »Das tat ich nur, damit man dich nicht schnappte und du uns nicht verraten konntest«, sage ich und trete hinter der Palme hervor.

Fatty ist so perplex, daß er das Kauen vergißt, und Raymond fällt die Brille von der Nase. Sie starren mich an, als sähen sie ein Gespenst.

»Ein interessanter Ausflug«, sage ich lässig. »Ganz schön erfolgreich, glaube ich. Ich hab ein Ding für uns, wenn die Bande Interesse hat.«

Ich erzähle ihnen alles, was passiert ist – alles, bis auf meine Landung in der Pfütze. Dieser Teil scheint mir unvereinbar mit der Würde eines Bosses.

Kaum hört Fatty das Wort »Käse«, ist er ganz Ohr, und Raymond macht sich Notizen, als ich die Lage des Ladens beschreibe.

»Das Ding läßt sich schaukeln«, sage ich zum Schluß und benutze damit einen Satz aus einem alten Humphrey-Bogart-Film, den ich einigemale gesehen habe. »Den alten Mann können wir mit einer Hand austricksen. Also, was ist, drehen wir das Ding?«

Fatty ist so aufgeregt, daß er nicht antworten kann. Er starrt in die Luft und summt irgendein Liedchen über »Käse, Käse, nichts als Käse« vor sich hin, dann steht er auf und tanzt voller Vergnügen über den Teppich.

»Du siehst aus wie ein Wackelpudding«, sage ich zu ihm, »setz dich endlich wieder hin!«

Was er dann auch tut.

»Es scheint Übereinstimmung zu herrschen, daß wir eine Sache gefunden haben, die unseren Talenten entspricht?«

»Der letzte Käse, den ich hatte, war Emmentaler«, sagt Fatty verträumt. »Nicht ganz so schmackhaft wie Cheddar, aber –«

»Das bleibt auch der letzte Käse, den du je hattest«, unterbreche ich ihn roh. »Außer, wir tüfteln einen guten Plan aus. Dieser Job braucht einen *meisterhaften* Plan.«

»Einen Plan, ja, einen Plan«, wiederholt Fatty eifrig. »Ich hab's!« ruft er gleich darauf. »Wir sprengen.«

»Das ist eine Schnapsidee«, belehre ich ihn. »Ich dachte eher an einen Überfall.«

»Hurra!« schreit Fatty nun und beginnt erneut seinen Käsetanz.

Raymond die Ratte zupft gedankenvoll an seinem Schnurrbart. Das ist normalerweise ein Zeichen dafür, daß er etwas sagen wird, also warte ich.

»Hmmm«, beginnt er langsam und zwirbelt ein Schurrbarthaar, »mir scheint, es gibt da einige Faktoren zu beachten. Zum ersten unsere Körpergröße.«

»Was ist mit unserer Körpergröße?« fragt Fatty verletzt und betrachtet seinen dicken Bauch.

Aber Raymond beachtet ihn überhaupt nicht. »Unsere Statur ist bei einem Frontalangriff von Nachteil«, fährt er fort, »ebenso beim Transport von Waffen oder Sprengstoff. Erst recht aber beim Einsatz von körperlicher Gewalt.« Raymond ist Militärexperte und hat viele Kriegsfilme studiert. »Dennoch, vielleicht kann man unsere Statur sogar zu unserem Vorteil nutzen.«

Darüber denkt er ein paar Minuten nach und poliert gedankenverloren seine Brillengläser.

»Zum zweiten, wir müssen unser Ziel vor Augen haben«, fährt er fort. »Wollen wir einen einzigen Überfall auf das Käsegeschäft starten und uns mit soviel Käse, wie wir tragen können, aus dem Staub machen?«

»Hurra«, ruft Fatty.

»Oder ziehen wir die Infiltration vor?«

»Was ist das, *Infiltration*?« fragt Fatty.

»Blöde Frage«, sage ich hochnäsig. »Also . . . sag du es ihm, Raymond.«

»Infiltration«, erklärt Raymond, »bedeutet: die Linien des Feindes an schwachen oder unbewachten Stellen zu durchdringen.«

»Oh«, sagt Fatty.

Totale
Kasse
DROPS
PREISE
1.PARKETT 4,50
2.Parkett 5,00
Rang 5,10
Loge 5,50
Schoko
Pop

»Haben wir erstmal die Verteidigungslinien des Feindes überwunden und einen Weg gefunden, den Laden nach Wunsch zu betreten, können wir jedesmal, wenn unser Käsevorrat zu Ende ist, erneut zuschlagen. Das ist die Kunst der Infiltration«, beendet Raymond seinen Vortrag. »Es stellt sich so auch nicht das Problem der Lagerhaltung.« Fragend blickt er mich an.

Einen Augenblick überlege ich. »Raymond, alter Junge«, sage ich dann. »Ich glaube, an der Sache ist was dran. Wir infiltrieren.«

Raymond sieht richtig glücklich aus. »Unsere Statur wird uns von Vorteil sein. Für das menschliche Auge sind wir fast unsichtbar. Wir können durch Risse und Spalten schlüpfen wie kein anderer Gangster. Nun«, er steht auf wie ein Schullehrer vor seiner Schulklasse, »zuerst müssen wir wissen, wie wir uns den Laden vornehmen. Als du das Gebäude erkundet hast, Marvin – welche Schwächen in den gegnerischen Linien fielen dir auf?«

Ich kratze mich am Ohr und versuche, mich zu erinnern. »Es gab da eine Vordertür und eine Hintertür«, sage ich.

»Mmmm«, sagt Raymond. »Vielleicht mit einem breiten Spalt unten an der Tür oder einem Briefschlitz von etwa unserer Größe?«

Nah
Oder ziehen wir die Infiltration vor?

Ich überlege einen Moment. »Nein«, sage ich.

»Wie steht es mit offenen Fenstern oder Mauerrissen?«

Ich schüttele den Kopf. »Das Gebäude wirkte solide.«

Raymond nimmt seine Denkerhaltung ein, stolziert auf und ab und zupft an seinem Schnurrbart.

Fatty und ich sind sehr still.

»Es wäre möglich«, murmelt er, »aber dennoch . . .«

Er läuft weiter auf und ab. Endlich sagt er, beinahe wie zu sich selbst: »Ja, so könnte es klappen.« Er schaut Fatty mit seinem Schullehrerblick an. »Fatty«, sagt er, »wann ist eine Tür eine schwache oder unbewachte Stelle?«

Fats denkt fünf Minuten darüber nach. »Wenn sie offen ist, schätze ich«, sagt er schließlich.

»Genau«, stimmt Raymond zu. »Mein Plan lautet: Den Laden durch die offene Tür am Tage infiltrieren!«

»Am hellichten Tag?« frage ich schockiert. »Das hat's noch nie gegeben. Im Kino werden solche Dinger in stockfinsterer Nacht gedreht.«

»Unsere Statur wird es ermöglichen«, erklärt Raymond. »Die Kundschaft ist damit beschäftigt, Käse zu betrachten. Der Feind ist damit beschäftigt, auf Kunden zu achten. Niemand wird uns bemerken. Wir können soviel Käse klauen, wie wir tragen können, und heimlich verduften.«

»Hurra«, schreit Fatty, und ich packe seinen Schwanz, um eine nächste Vorstellung des Käsetanzes zu verhindern.

Raymond schaut mich gedankenvoll an. Mich aber schaudert. Der Plan ist simpel, zu simpel. In Filmen passieren immer zehn verschiedene Dinge auf einmal – Uhrenvergleiche, Probestarts und Ausweichpläne für Notfälle. Jedoch steckt in unserem Plan eine Frechheit, die mir liegt.

»Aber was machen wir, wenn etwas schiefgeht?« frage ich dennoch. »Was tun wir, wenn man uns entdeckt?«

»Hmmm«, sagt Raymond und rauft seinen Schnurrbart. »Vielleicht sollten wir uns verkleiden.«

Das ist schon besser. Verkleidungen sind im Kino immer ein großer Erfolg.

Es ist gut, daß heute ein Musical läuft, denn unsere Unterhaltung wird sehr laut, als wir nun unsere Verkleidung diskutieren.

Raymond ist für tief in die Augen gezogene Hüte, während Fatty vorschlägt, wir sollten uns aufeinanderstellen und einen Kunden darstellen.

Aber beide müssen zugeben, daß *meine* Idee brillant ist. Sie fliegt mir zu, als Fatty sich zurückzieht, um ein Nickerchen in einer leeren Popcorn-Schachtel zu machen.

»Das ist es!« rufe ich, und Fatty öffnet widerstrebend noch einmal ein Auge. »Wir gehen als Popcornschachtel. Niemand wird eine Schachtel, die der Wind in den Laden bläst, betrachten. Das ist eine perfekte Verkleidung.«

Raymond betrachtet mich mit Bewunderung. »Es könnte klappen, Marvin, es könnte klappen.«

»Es könnte nicht, es *muß* klappen«, sage ich mit Zuversicht. »Nichts kann schiefgehen.«

Die Expedition

»Auf die Plätze!« flüstere ich. »Es kommt jemand.«
Unter einer Popcornschachtel versteckt, warten wir am Ausgang, bis jemand hinausgeht.

»Es ist heiß hier drin«, beschwert sich Fatty Zündhütchen.

»Ssssch!« Ich gebe ihm einen Rippenstoß und spähe aus dem O in Corn, das Raymond in ein unverdächtiges Guckloch verwandelt hat. Ein schwarzes Hosenbein ist aufgetaucht, und ich halte den Atem an; aber es geht leider nicht zur Tür.

»Meine Mutter pflegte zu sagen: Ob im Osten oder Westen, zu Hause ist's am besten«, sagt Raymond an seinem Guckloch im O von Pop. Ich stoße ihn mit meinem anderen Ellenbogen in die Rippen.

Die Schachtel ist keineswegs so geräumig, wie ich gehofft hatte, und es bedurfte stundenlanger Übungen, um die Bande im Gleichschritt gehen zu lassen. Dennoch bin ich guten Mutes. Gerade als sich ein brauner Krokodillederschuh in meinem Blickwinkel befindet, macht es »klick«, und ein Windstoß bläst uns fast zurück.

»Jetzt«, sage ich und wir schlüpfen durch die Außentür, bevor sie wieder zuschlägt.

»Gut gemacht«, flüstere ich, aber da stolpert Fatty über seinen eigenen Schwanz und hält unseren Vormarsch auf. Schnell fassen wir wieder Tritt und marschieren in Richtung Laden. Es weht ein starker Wind, aber er bläst uns keineswegs *in* den Laden, sondern an ihm vorbei.

»Halt«, rufe ich, aber ein Windstoß hebt uns in die Luft, und plötzlich fliegen wir.

»Hilfe«, schreit Fatty und klammert sich fest, als gelte es sein Leben. Raymond hat seine Augen fest geschlossen. Nur ich schaue aus dem O und lache. Wer hätte je geglaubt, daß ich, Marvin der Gnadenlose, fliegen würde.

Doch nur allzubald endet unser Flug. Die

Popcornschachtel macht einen doppelten Salto, stößt mit einem Briefkasten zusammen und geht

direkt vor dem Laden mit einer Bruchlandung zu Boden.

Fatty und Raymond reiben sich ihre angeschlagenen Nasen. »Die Landung ist erst der halbe Spaß«, sage ich, um sie aufzumuntern. Und füge im Befehlston hinzu: »Weiter in unserer Mission. Hinein in den Laden.«

Langsam und leise trippeln wir unter der Popcornschachtel über den Bürgersteig, über die Türschwelle und hinein in den Käseladen.

Wir halten auf dem mit Sägespänen bestreuten Boden kurz an, betäubt von dem Geruch, der in unsere Nasen steigt: Edamer und Provolone, Emmentaler und Gouda, Gruyère und Parmesan, Munster und Ricotta, Romadour und Port Salut, Cheddar und Camembert, Gorgonzola und Roquefort – es duftet so köstlich, und alles in unserer Reichweite.

»Das muß ich sehen«, sagt Fatty und schubst mich beiseite, damit er aus meinem O blicken kann. »Ich kann es kaum glauben«, seufzt er dann ergriffen. Wir beide wechseln uns am O ab und staunen, bis Raymond die Ratte uns an den Grund unseres Eindringens erinnert.

»Erstens«, sagt er kurz angebunden. »Wir brauchen einen Überblick über die Lage.« Er starrt lange aus seinem O, während Fatty und ich langsam die Schachtel im Kreis bewegen, damit er alles sieht. Endlich dreht er sich zu mir um, mit sorgenvollem Gesicht. »Marvin«, sagt er, »wir schaffen es nicht! Es ist zu gefährlich.«

»Was?« Ich traue meinen Ohren nicht.

»Wir sind von Füßen umgeben. Jeden Augenblick kann einer davon auf uns treten und uns zu Tode trampeln. Ich fürchte, wir müssen uns zurückziehen.« Und bedauernd fügt er hinzu: »Ich hab die Anzahl der Kunden unterschätzt.«

Fatty Zündhütchen beginnt zu zittern.

Ich frage mich langsam, wie ich so feige Mäuse in meine Bande aufnehmen konnte, und klemme mich an meinen Ausguck, um die Lage selbst zu peilen.

Ich muß zugeben, daß Raymond nicht ganz falsch liegt. Schuhe verschiedenster Größe und Form um uns herum – dicke Gummisohlen, um uns zu plätten, und spitze hohe Hacken, um uns zu durchbohren. Aber wir sind schon so weit gekommen, und die Beute ist zu verlockend, um jetzt einen Rückzieher zu machen. »Es wächst die Maus mit ihren Taten«, erkläre ich ihnen. Damit muntere ich sie tatsächlich auf, wie das ein Boss auch tun soll. Dann kneife ich einmal wie zum Spaß in Fattys Schwanz.

»In Ordnung Boss, in Ordnung«, sagt er schnell.

Ich werfe noch einen Blick aus dem O. »Wenn wir

Totale

ganz nah an der Wand bleiben, müßte es gehen«, entscheide ich. »Wir marschieren in Richtung Cheddar.«

Unter meinem hypnotischen Blick nehmen Fatty und Raymond zögernd wieder ihre Plätze ein, und die Popcornschachtel bewegt sich vorsichtig in die neue Richtung.

Es gibt da einen ganz blöden Augenblick, als ein spitzer Stöckelschuh uns nur um Millimeter verfehlt. »Nach links«, zische ich schnell, und wir umrunden ein Paar Reitstiefel, ziehen vorbei an zwei dreckigen, einst weißen Turnschuhen und schlüpfen dann hinter ein Käsefaß. Geschafft!

Einen Moment lang verschnaufen wir. Unser Herzklopfen läßt nach. Da bemerke ich, daß Fatty in eine Art Trance gefallen ist. Seine Augen sind geschlossen, seine Schnurrbarthaare zittern; und mir fällt ein, daß Cheddar aus Wisconsin sein Leibgericht ist. »Fatty«, sage ich, »du darfst anfangen. Los!«

Er zwinkert.

»Du besorgst dir den Cheddar. Raymond steht Schmiere am O, und ich behalte den Überblick.«

Erneut beginnt er zu zittern.

»Cheddar aus Wisconsin«, erinnere ich ihn. »Dein Leibgericht.«

Er hört auf zu zittern und macht einen Satz, so daß ich gezwungen bin, mich auf ihn zu werfen. »Warte, bis die Luft rein ist«, zische ich.

Raymond starrt aus dem O. »Braune Schuhe im Anmarsch.« Kurz darauf: »Ein Käsekrümel ist heruntergefallen, ergreif die Gelegenheit.«

Fattys Schnurrbart zittert. Ich will gerade die Schachtel öffnen, da . . .

»Stop«, ertönt es plötzlich von Raymond. »Es gibt Ärger! Haltet euch fest!«

Und da wird die Schachtel auch schon hochgehoben, und Fatty und ich fallen auf Raymond. Einen Augenblick später spüren wir kühle Luft und sind wieder vor dem Laden.

»Schlamperei«, hören wir eine Stimme über den braunen Schuhen sagen.

Und dann fallen wir.

»Das ist das Ende«, schluchzt Fatty.

Aber wir landen weich. Die Schachtel ist aufgesprungen, ich klettere hinaus und schaue mich um. Unser Landeplatz ist sehr beeindruckend.

»Wo sind wir?« fragt Fatty.

Ich führe sie hinaus und deute nach oben. Dort steht: *Haltet New York sauber. Abfälle hier hineinwerfen.*

Gefährliche Mission

Am nächsten Tag treffen wir uns erneut im Beratungszimmer. Immer noch steht Enttäuschung auf den Gesichtern meiner Bande. Fatty tröstet sich mit einem angebissenen Schokoriegel, während Raymond verbissen die Wirtschaftsseite des gestrigen *New York Globe* studiert. Es ist offensichtlich, ich muß sie aufmuntern.

»Ähem«, fange ich an. »Es ist wahr, daß wir in der Ausführung unseres meisterhaften Planes etwas zurückgeworfen wurden. Aber nichts wird uns daran hindern, das Jahrhundertverbrechen zu begehen. Wollen wir etwa aufgeben und einen Laden voller Käse ungefressen vergessen?«

»Niemals«, ruft Fatty.

»Niemals«, stimme ich zu. »Wir werden schließlich und endlich den Sieg erringen. Denkt daran: Wenn es nicht beim erstenmal klappt, muß man es wieder und wieder versuchen.«

»Hurra«, schreit Fatty.

Raymond blickt von seiner Zeitung auf. »Vielleicht sollten wir es mit einer anderen Methode versuchen. Infiltration am hellichten Tag ist zu gefährlich.«

»Genau«, sage ich. »Ab jetzt werden wir im Schutze der Nacht infiltrieren. Aber dann«, fällt mir ein, »sind die Türen geschlossen.«

»Ja«, sagt Raymond. Langsam streichelt er seine Schurrbarthaare. »Ich glaube aber, auch dafür habe ich die Lösung. Da gibt es doch sicher einen Schlüssel.«

Fatty vergißt, an seinem Riegel zu knabbern, und starrt ihn an. »Einen Schlüssel?«

»Natürlich. Für jede Tür gibt es einen Schlüssel«, sage ich.

»Aber wo?«

Raymond nimmt den Bleistift, den er hinter dem Ohr trägt, und beginnt, am Rande des *Globe* zu zeichnen.

Als er fertig ist, liegt vor uns der Grundriß des Käseladens. Er zeigt auf ein X in einer Ecke. »Hier war in etwa unsere erste Position«, erklärt er. »Dabei fiel mir etwas Glänzendes auf.« Er deutet mit der Bleistiftspitze auf eine Stelle. »Hier war es, an der Wand oberhalb der Kasse. Es scheint mir möglich, daß es der Schlüssel zur Ladentür sein könnte, der dort aufgehängt ist.«

»Natürlich ist er es«, stimme ich zu. »Das ist 'ne Kleinigkeit; man muß nur in den Laden schleichen, wenn der Feind abends abschließt, den Schlüssel schnappen und sich verdrücken, wenn die Luft rein ist. Dann sind wir in der Lage, uns mit Käse zu versorgen, wann immer wir wollen.«

Jetzt haben wir endlich einen narrensicheren Plan.

»Alles, was wir jetzt noch brauchen«, sage ich, »ist ein Freiwilliger für diese gefährliche Aufgabe.«

Ich warte darauf, daß ein Freiwilliger vortritt.

»Na, so gefährlich nun wieder auch nicht«, sage ich, um ihnen Mut zu machen, aber Raymond schaut diskret in eine andere Richtung. Ich schaue zu Fatty, aber der knabbert nur lustlos an seinem Schokoriegel.

»Wenn du wüßtest, wie dick ich dieses Zeug inzwischen hab«, beschwert er sich auch noch.

»Ich täte es ja selbst, aber . . .«

»Warum denn nicht?« fragt Fatty. »Du als unser Boss und so . . .«

Ich überlege eine Weile. Natürlich ist es üblich, daß der Boss einer Bande im Schlupfwinkel bleibt und von dort aus die Operationen leitet. Auf der anderen Seite –

muß ein Anführer nicht seine Leute inspirieren, ihnen ein leuchtendes Beispiel an Tapferkeit und Wagemut sein? Vielleicht schlägt man mich für eine Tapferkeitsmedaille vor . . .

»Ich mache es«, sage ich, und Fatty steht auf und klatscht.

Raymond die Ratte beginnt sofort, Pläne zu machen.

»Du wirst eine Ausrüstung brauchen«, überlegt er und setzt seine Brille auf. Er betrachtet erneut den Plan des Käseladens und zeichnet noch einige Striche. Endlich sagt er: »Ja, ich glaube, wir haben die Ausrüstung zur Hand«, und macht sich auf den Weg zu seinem Lager.

Ich folge ihm. Wenn man sich bei Raymond auf etwas verlassen kann, dann ist es seine Lagerhaltung. Er sammelt Sachen. Er besitzt das größte Fundbüro, das sich jemals in einem Kino befunden hat. Die meisten Sachen kann man noch nicht einmal essen, aber das kümmert Raymond nicht. Er glaubt daran, daß alles irgendwann einmal nützlich sein kann.

Fatty und ich passen kaum noch in das überfüllte Lager.

»Schmeißt du denn nie was weg?« beschwere ich mich und mache es mir in dem ausgelatschten braunen Schuh bequem, den Raymond als Bett benützt.

Raymond schüttelt säuerlich den Kopf. »Ich kann nicht.«

Wenn je eine Mäusebehausung einen Frühjahrsputz nötig hatte, so war es diese. Zeitungsberge bis zur Decke. Kleenexpackungen, eine kaputte Taschenlampe, Streichhölzer, eine Silberkugel aus Kaugummipapier, ein Taschenwörterbuch, eine einbeinige Puppe, ein ganzer

Fuhrpark Spielzeug-Autos, ein Damenhut aus Federn, drei Lippenstifte, ein Diamantring und ein Haufen Plastik-Glücksbringer aus den Kaugummi-Automaten. In einer Ecke, die Raymond seine Werkstatt nennt, liegen Federn, Schrauben, Sicherheitsnadeln, Draht und 'ne Menge anderes Zeug. Und ganz hinten befindet sich unsere Notration: Teebeutel und Kuchenkrümel und Hustenbonbons, für die Tage, an denen sowohl die Popcorn- als auch die Bonbon-Automaten nicht funktionieren. Raymond durchwühlt den ganzen Mist und wirbelt soviel Staub auf, daß Fatty einen Niesanfall bekommt.

Als Raymond dann endlich hinter einem Stapel Bücher wieder auftaucht, hat er die ganze Ausrüstung beisammen.

»Zunächst einmal«, sagt er und wischt sich eine Spinnwebe von der Nase, »eine gute Verkleidung.« Er reicht mir einen braunen Regenmantel und einen Hut, die einst der einbeinigen Puppe gehörten.

Ich schlüpfe in den Mantel, ziehe den Hut tief in die Stirn und schaue in den Spiegelrest einer Puderdose, die neben Raymonds Bett steht. Ich muß zugeben, ich sehe toll aus; fast wie Bogey als Sam Spade.

»Niemand wird dich in *der* Aufmachung erkennen, Marvin«, sagt Fatty zustimmend.

Das nächste Stück Ausrüstung ist ein aufgerollter Bindfaden. »Um Wände zu erklettern«, erklärt Raymond, »und um den Schlüssel abzuseilen.«

Ich schmeiße mir das Lasso über die Schulter.

Zu guter Letzt stattet mich Raymond mit einem kleinen Tütchen aus, auf dem gedruckt das Wort »Pfeffer« steht.

»Wozu ist das gut?« fragt Fatty.

»Fragen, nichts als dumme Fragen«, sage ich ungeduldig. »Sag es ihm schon, Raymond.«

»Das ist unsere Geheimwaffe«, erklärt Raymond mit einem Hauch von Stolz. »Im Notfall streut man Pfeffer in das Gesicht des Feindes, und während er niest, flieht man.«

»Natürlich.« Ich beglückwünsche mich, Raymond für unsere Bande entdeckt und ausgebildet zu haben. Ein Boss braucht jemanden an seiner Seite, auf den Verlaß ist.

Die Ausrüstung ist perfekt, und ich will gerade gehen, da überreicht mir Fatty ein kleines Päckchen. »Was ist das?« frage ich.

»Ein Stückchen Schokoriegel«, sagt er. »Damit du bei Kräften bleibst.«

Ich verstaue es gerührt unter meinem Hut.

Dann sagt Raymond die Ratte: »Es wird Zeit«, und ich ziehe los, um ein Held zu werden.

In der Falle

Es ist Ladenschlußzeit, und ich lauere im Schatten und warte darauf, daß der Feind endlich nach Hause geht. Auf dem Schaufenster steht zwar, daß das Geschäft um halb sechs geschlossen wird, aber es ist schon viel später. Ich weiß das, weil die Schatten länger werden. Ich habe Hunger, und meine Ausrüstung wird immer schwerer.

Ich riskiere einen Blick ins Ladeninnere. Der Feind ist noch da, soweit so gut. Er sitzt am Kassentisch, Brille auf der Nasenspitze, und führt sein Kassenbuch.

Ich trete zurück in den Schatten, nehme den Hut ab und genehmige mir ein Stück Schokoriegel, um bei Kräften zu bleiben. Dann höre ich ein Geräusch: Er kommt zur Tür!

Tapfer harre ich aus. Der Feind öffnet die Tür, dreht sich dann um, um das Licht auszumachen . . .

Das ist meine Chance, und ich zögere nicht: Zwischen seinen Füßen schlüpfe ich hindurch, die Tür schlägt zu, und ich bin drinnen. In Sicherheit.

Bisher war mein Einsatz hervorragend. Ich bleibe im Schatten der Tür stehen und erkunde die Gegend. Alles ist ruhig. Ich bin allein mit dem Käse, und die Versuchung, erstmal von dem einen oder anderen zu kosten, läßt mich fast meine Aufgabe vergessen. Aber ich bleibe hart. Erst die Arbeit.

Im Laden ist es bis auf ein dämmriges Licht im Hintergrund dunkel, aber es reicht aus, um das zu erkennen, wonach ich suche. An einem Nagel über der Kasse hängt, genau wie Raymond vermutete, der Schlüssel.

Nun bin ich froh über meine Ausrüstung. Ich schleiche zur Ladentheke und entrolle mein Seil. Ich schätze die Entfernung. Es wird nicht leicht werden, aber ich glaube, ich kann es schaffen. Nicht umsonst habe ich mir ein paar hundert Wildwestfilme angeschaut.

Wie ein Profi knüpfe ich die Schlaufe am Seilende. Dann lasse ich mein Lasso wie im Film über dem Kopf kreisen und werfe. Es ist ein Meisterwurf, wenn auch etwas zu kurz. Ich raffe das Seil zusammen zum

nächsten Versuch; und noch ein Versuch. Es ist viel schwieriger, als ein Rind einzufangen! Aber beim fünften Wurf ist das Glück mir hold. Das Seil schlägt den Schlüssel vom Nagel. Er fällt klirrend auf die Ladentheke.

Nun muß ich den Schlüssel nur noch in die Pfoten kriegen. Ich hole das Lasso ein und werfe die Schlinge um die Kurbel an der Kasse. Dann erklimme ich Pfote über Pfote die Theke. Glücklicherweise habe ich auch viele Bergsteigerfilme gesehen.

Auf dem »Gipfel« wartet der Schlüssel. Er liegt neben einem alten, mottenzerfressenen Stück Pelz, das wohl jemand vergessen hat.

Ich klettere über den Pelz und klemme mir den Schlüssel unter die Vorderpfote. Nun kann ich den Rückzug antreten. Meine Mission läuft wie am Schnürchen, und ich wundere mich, warum wir dachten, sie könnte gefährlich sein. Es war leichter, als Weingummis aus dem Bonbonautomaten zu klauen.

Als ich über das Stück Pelz turne, passiert etwas Seltsames.

Der Pelz wackelt. Er bewegt sich. Er streckt sich.

Ich schau genauer hin, und langsam begreife ich die furchtbare Wahrheit: Das mottenzerfressene Stück Pelz ist in Wahrheit eine dicke, alte, zerzauste, aber äußerst wilde Katze. Es bleibt keine Zeit, über dieses Mißverständnis nachzudenken, denn die Katze faucht böse und wird mich, wenn sie erst richtig wach ist, zweifellos fressen.

In letzter Verzweiflung erinnere ich mich an meine Geheimwaffe. Und in dem Moment, als der riesige Rachen sich öffnet, um mich zu verschlingen, zücke ich das Tütchen.

Es klappt, wie wir es geplant hatten. Die Katze bekommt einen Niesanfall, hustet, schnüffelt und rotzt, und ich habe gerade noch Zeit, am Seil runterzusausen, bevor sie mir nachsetzt. Dann sause ich um Fässer und Kisten, sie immer dicht auf meinen Fersen. Verzweifelt suche ich ein Versteck. Glücklicherweise ist die Katze alt und fett, und ich schaffe es, vor ihrer Nase in einen Spalt zwischen zwei Kisten zu schlüpfen. Ihre tödlichen Krallen zersplittern das Holz, als sie versucht, mich zu erwischen, aber ich bin außer Reichweite.

Endlich gibt sie auf, legt sich vor meinem Versteck nieder, starrt und wartet.

Ich weiß, ich kann hier nicht ewig bleiben, aber für den Augenblick bin ich in Sicherheit, und wir beide richten uns auf eine lange, unruhige Nacht ein.

Ein wildes Biest

Es ist die längste Nacht meines Lebens.
Die entsetzliche Katzenpfote ist wenige Zentimeter von meiner Nase entfernt, und wir beide wissen, daß ich nicht entkommen kann.

Sie döst, aber ich bin wach.
Meine Gedanken sind düster. Sie kreisen um all den herrlichen Käse, den ich nie mehr essen werde, die Medaille, die ich nie gewinnen werde, und den Ruhm, der meiner Bande nun entgeht.

Endlich schlummere ich für eine Minute ein und träume, daß die Katze auf einem Thron am Ende eines riesigen Tisches sitzt, in einem von Hunderten von flackernden Kerzen erleuchteten Zimmer. Der Feind

stellt eine silberne Schüssel vor sie hin. Die Katze hebt

den Deckel, und darunter bin ich, gefesselt und mit einem Apfel im Mund.

Schreiend wache ich auf. Irgendwie erwachen auch meine Lebensgeister wieder, und ich sage mir, daß keine Sache so hoffnungslos ist, daß man sie nicht in einen Sieg verkehren kann. Ich denke daran, wie oft ich das schon im Kino gesehen habe: Der Held im Safe gefangen, die Bombe tickt, und er hat nur noch dreißig Sekunden.

Mein Problem ist ein anderes, klar, aber um zu entkommen, brauche ich ebenfalls Mut und Tollkühnheit.

Und langsam, während die Morgendämmerung jede Einzelheit der tödlichen Katzenklaue beleuchtet, entsteht in meinem Kopf ein Plan.

Es ist möglich und auch wahrscheinlich, daß der Feind aus irgendwelchen unerfindlichen Gründen diese lausige Katze mag. Wenn er am Morgen den Laden betritt, wird er sich bücken, um die Katze zu streicheln oder ihr ein Schüsselchen Milch zu geben. Auf diesen Augenblick muß ich vorbereitet sein. Wenn die Katze auch nur eine Sekunde wegschaut, fliehe ich! Wenn andererseits der Feind kommt, um nachzusehen, wen oder was die Katze belauert . . . Ich denke den Gedanken nicht zu Ende, er ist meinem Traum zu ähnlich.

Ein paar Stunden später höre ich den Schlüssel in der Ladentür. Ich bin bereit. Meinen Hut habe ich tief in die Stirn gezogen, meine Knie schlottern ein wenig, weil ich nicht geschlafen habe.

Ich höre die Stimme des Feindes.

»Guten Morgen, Giovanni«, sagt er.

Die Katze überhört unhöflicherweise die Begrüßung und rührt sich nicht.

Nach ein paar Minuten erneut die Stimme: »Bereit für's Frühstück?«

Man hört, wie Milch eingegossen wird. Aber die Katze rührt sich immer noch nicht. Schwere Fußtritte nähern sich meinem Versteck, und mein Herzschlag verdoppelt sich.

»Wirklich seltsam«, murmelt der Feind. »Schnur und Papier überall auf dem Boden. Ich habe doch gestern ausgefegt! Und der Schlüssel sollte auch nicht so rumliegen. Ich muß mir einen besseren Platz ausdenken.«

Die Schritte kommen näher. »Was ist denn los mit dir, Giovanni?«

Er hat die Katze hochgenommen und schimpft zärtlich mir ihr. Dies ist meine Chance, und ich verliere keine Zeit! Während der Feind redet und die Katze protestiert, spurte ich aus meinem Versteck zu einem sicheren Ort, hoch oben auf einem Regal, hinter eine Packung Kümmelkäse aus Holland.

Der Rest ist leicht. Schon bald öffnet sich die Tür, und Kunden kommen herein. Ich mische mich unter die Menge – meine Verkleidung bewährt sich – und entwische.

Ein neuer Plan

Hast du den Schlüssel?« fragen Fatty und Raymond wie aus einem Mund.

»Das war knapp«, antworte ich und schmeiße die Klamotten in die Ecke. »Ich bin gerade nochmal mit dem Leben davongekommen.«

»Du hast den Schlüssel *nicht*?«

Fattys Gehirn funktioniert manchmal wie eine Einbahnstraße.

Ich versuche ihnen klarzumachen, daß es für sie das wichtigste ist, ihren Boss zurückbekommen zu haben. »Und nur, weil ich mutig und furchtlos war«, sage ich, »und weil es mir gelungen ist, der Gefangenschaft zu entgehen und – und ja – dem Tode durch die Klauen eines wilden Tieres.«

Fattys Augen öffnen sich weit. »Eines wilden Tieres?«

»Eines wilden Tieres«, wiederhole ich. »Eine Katze im Dienste des Feindes, die den Käse bewacht!«

Beide starren mich an, als hätten sie mich noch nie gesehen, als ich ihnen die haarsträubende Geschichte meiner gefährlichen Nacht erzähle.

Als ich mit meiner Erzählung am Ende bin, bietet mir Fatty einen dreckigen Weingummi an. »Du mußt müde sein«, sagt er mitfühlend.

Raymond die Ratte hat sich Notizen gemacht. Nun betrachtet er sie gedankenschwer. *Schwarze Katze, Alter etwa 12 Jahre, Gewicht ca. 20 Pfund. Gemeingefährlich. Alle Zähne und Krallen in Funktion.* Er streicht über seine Barthaare. »Marvin, es gibt nur einen einzigen Weg. Diese Katze muß weg.«

»Genau, was ich vorschlagen wollte«, sage ich schnell.

Fatty wird wach. »Können wir sie in die Luft sprengen?«

Raymond schüttelt den Kopf. »Sprengkörper sind zu laut. Wir machen das leise und diskret.«

Er nimmt seine Denkerhaltung ein, Fatty und ich ebenfalls. Es ist ganz still, wir grübeln alle.

Ich denke gerade darüber nach, wie wir eine Dosis

k.o.-Tropfen in ihre Milch kriegen könnten, als Raymond sagt: »Ich glaube, ich hab's.«

Er nimmt ein Stück Papier, auf das er nun die seltsamste Konstruktion zeichnet, die mir je untergekommen ist. Überall Seile und Räder und Pfeile, die nach allen Richtungen zeigen.

»Was ist das?« fragt Fatty nach einer Weile.

»Ist doch ganz einfach, mein lieber Fatty«, antworte ich. »Sag's ihm, Raymond.«

»Das ist«, sagt Raymond mit Stolz in der Stimme, »wohl die bedeutsamste Erfindung meines Lebens. Das ist – eine *Katzenfalle.*«

Erneut beglückwünsche ich mich dazu, wie es mir doch so gut gelungen ist, aus Raymond, einer gewöhnlichen Theater-Maus, ein kriminelles Genie zu formen.

»Die Falle«, erklärt Raymond, »funktioniert nach den klassischen Regeln der Mausefalle. Mausefallen sind uns bekannt; stammte nicht unsere letzte Ration Käse vor einigen Wochen aus eben so einer Mausefalle? Unsere Falle wird allerdings aus den Mülltonnen, die im Hinterhof des Ladens stehen, hergestellt und nicht für eine Maus verwendet werden.«

Ich prüfe die Idee sorgfältig. Sie scheint narrensicher. Nur ein kleines Detail irritiert mich. »Katzen mögen keinen Käse«, sage ich zu Raymond. »Was willst du als Köder benutzen?«

Gedankenvoll knabbert Raymond am Ende seines Bleistiftes. »Woran ich denke und was sich sehr gut eignen würde«, sagt er endlich, »bist du.«

Als Köder in der Falle

Also bin ich erneut der, der freiwillig die Kastanien aus dem Feuer holt. Nach dieser Mission bekomme ich wohl endgültig eine Medaille. Vielleicht genügt auch nur ein größerer Anteil an der Beute – das muß ich noch entscheiden.

Als der Plan fertig ausgetüftelt ist, stellt sich heraus, daß meine Rolle eigentlich ganz einfach ist.

Wir nehmen an: Die Katze macht am späten Nachmittag einen Spaziergang in der Gasse hinter dem Laden, einen Inspektionsgang. Sie hält Ausschau nach Leckerbissen und schärft ihre furchtbaren Krallen für ihr nächstes Opfer.

Nahe der Hintertür befinden sich eine Anzahl alter Käsekartons, Käsefässer und Käseschachteln und eine grüne Plastik-Mülltonne. Diese haben wir zu unserer Katzenfalle auserkoren. Raymond hat Stunden in seiner Werkstatt verbracht und ein System von Hebeln und Gewichten, Seilen und Rollen entworfen. Dem Plan nach verstecke ich mich hinter einem bestimmten Käsekarton, während die Katze ihren täglichen Rundgang macht. Ich werde sie nachdrücklich auf den Köder – auf mich also – aufmerksam machen, um dann, wenn sie losspringt, um mich zu verschlingen, leichtfüßig beiseite zu treten und der Bande das Signal zu geben. Die Mülltonne wird herabfallen, und die Katze ist gefangen!

Alles hängt jetzt nur noch von unserer Schnelligkeit ab. Raymond hat seine Seile getestet, und ich habe das »Leichtfüßig-Beiseite-Treten« geübt, bis ich es im Schlaf kann. Es wird Zeit, den Plan in die Wirklichkeit umzusetzen.

»An die Arbeit«, befehle ich, und lautlos schlüpfen wir aus dem Kino.

Raymond und Fatty beziehen hinter einem Faß importiertem Emmentaler Stellung, und ich gebe letzte Anweisungen. »Denkt daran«, sage ich, »wenn ich *wenn* sage, laßt ihr die Mülltonne fallen.«

»Jawoll«, sagt Fatty militärisch.

»Gebongt«, sagt Raymond lässig.

Ich begebe mich auf meinen Posten im Schatten einer Schachtel, die einst italienischen Provolone enthielt. Sie verströmt noch einen verführerischen Duft, aber ich versuche, jetzt nicht an Käse zu denken. Ich konzentriere mich auf das Kommen der Katze.

Die Minuten vergehen langsam, die Schatten auf der Straße werden länger. Und dann höre ich es: ein Reißen, Splittern, Kratzen, das nur von einer Katze herrühren kann, die ihre Krallen an einem Käsefaß schärft.

Ich gebe das Warnsignal, den leisen Eulenruf, den sie auch immer in Filmen benützen. Raymond ruft zurück, und ich spähe vorsichtig aus meinem Versteck.

Da kommt sie langsam die Straße herabgetrottet, hält hier und dort an, um an einer Mülltonne zu schnuppern. Sie hat keine Ahnung, daß sie gefangen werden soll.

Als sie die Schachtel erreicht, hinter der ich lauere, pausiert sie, um die Krallen der rechten Vorderpfote zu schärfen.

Nun trete ich in Aktion. »Psssst«, zische ich.

Sie fährt mit ihrer Maniküre fort.

»Pssst, Katze!« sage ich etwas lauter. »Los, fang mich doch.« Sie schaut noch nicht mal auf.

Dieses Problem hatten wir nicht bedacht; ich muß mir rasch was Neues ausdenken.

Halb-nah
Gorgonzola
Italia

»Ähem«, rufe ich und trete ins Freie.

Da endlich sieht sie mich und setzt sofort zum Sprung an.

Aber ehe sie richtig losspringen kann, gibt's einen Höllenlärm, und alles wird dunkel. Eine Sekunde lang empfinde ich den überwältigenden Gestank von Müll; dann falle ich in Ohnmacht.

Großaufnahme
Ähem
Schrapp

Ein narrensicherer Plan

Als ich wieder zu mir komme, liege ich im Beratungszimmer. Fatty und Raymond beugen sich voller Sorge über mich. Als ich die Augen aufschlage, hält mir Fatty eine gesalzene Erdnuß vor die Nase. Ich stoße sie weg.

»Was ist passiert?« frage ich. »Wie bin ich hierhergekommen?«

»Au weh«, seufzt Fatty, »er hat eine *Amnesie.* Er erinnert sich an nichts.« Fatty liebte schon immer Filme, in denen jemand sein Gedächtnis verlor.

Raymond die Ratte fühlt meinen Puls und schüttelt traurig seinen Kopf. »Kannst du dich auch nicht mehr an deinen Namen erinnern«, fragt er, »oder an Ereignisse der Vergangenheit?«

»Natürlich erinnere ich mich an meinen Namen«, sage ich beleidigt. »Ich erinnere mich an alles, außer an das, was mir auf den Kopf gefallen ist.«

Raymond nimmt die Brille ab. »Dem Himmel sei Dank«, sagt er erleichtert.

Fatty entspannt sich und frißt die gesalzene Erdnuß.

»Die Mülltonne hat dich getroffen«, erklärt Raymond. »Wir haben dein Signal gehört und den Auslöser gezogen, und dann ist die Katze abgehauen.«

»Raymond hat die Falle beiseitegeschoben, und wir haben dich hierher gebracht«, ergänzt Fatty.

»Dummerweise haben da noch Müllreste am Boden der Tonne geklebt«, fuhr Raymond fort. »Als die Falle runterdonnerte, landete einiges auf deinem Kopf.«

Ich setze mich vorsichtig auf und pflücke benommen ein Salatblatt von meiner Schulter und eine Orangenschale von meinem Ohr. Nach ein paar Minuten hört der Raum auf, sich um mich zu drehen, und ich kann wieder klar denken. Es ist offensichtlich, daß meine Bande wieder versagt hat.

»Ich habe das Signal nicht gegeben«, sage ich und starre Fatty böse an.

»Wir hörten dich *wenn* sagen«, beharrt Fatty, aber er kann mir nicht in die Augen schauen.

»Was ich sagte, war *ähem*«, informiere ich ihn kühl.

»Ich habe versucht, die Aufmerksamkeit der Katze auf den Köder zu lenken.«

Fatty sieht beschämt drein, Raymond gedankenvoll und ich voller Abscheu. Für einen Boss ist es entmutigend, eine so miese Bande zu haben. Ich überlege gerade, wie lange es wohl dauern würde, neue Mitglieder auszubilden, als Raymond zu sprechen anfängt.

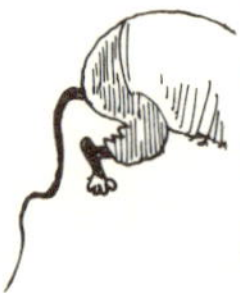

»Die Frage ist doch, warum die Katze nicht in die Falle gegangen ist.«

Weder Fatty noch ich können die Frage beantworten.

»Technisch war alles einwandfrei«, murmelt Raymond. »Und der Köder hätte jede Katze in Versuchung geführt. Dennoch ist sie nicht in die Falle gegangen. Warum?«

Er nimmt die Brille ab, setzt sie wieder auf, zwirbelt seine Schnurrbarthaare, um zu zeigen, wie tief er in Gedanken versunken ist.

Nach dem zwölften Auf und Ab durch das Beratungszimmer bleibt er plötzlich vor mir stehen. »Marvin, ich glaub, ich hab's. Es gibt nur eine logische Erklärung. Die Katze ist schwerhörig.«

Was sagt er da?

»Ist es nicht so, daß die Katze dich überhaupt nicht

bemerkt hat, als du versucht hast, sie auf dich aufmerksam zu machen? Erst, als du gebrüllt hast, hat sie reagiert. Oder?«

Ich nicke.

»Und stimmt es nicht, daß, als du im Laden warst, sie dich nicht bemerkt hat, bis du beinahe auf sie getreten bist?«

Ich beginne, mich ein bißchen besser zu fühlen.

»Die einzige logische Schlußfolgerung ist, daß die Katze schwerhörig ist«, sagt Raymond triumphierend. »Dieser Zustand ist bei Katzen fortgeschrittenen Alters nicht ungewöhnlich«, fährt er im Schullehrerton fort. »Unter diesen Umständen haben wir ihren Wert als Gefahrenfaktor überschätzt. Sie muß nicht beseitigt werden.«

»Hurra«, schreit Fatty.

Ich überdenke das Gehörte sorgfältig und verkünde meine Entscheidung. »Wir machen weiter, trotz Katze. Aber in aller Stille.«

»Wir brauchen einen neuen Plan, um uns Zugang zum Laden zu verschaffen«, sagt Raymond. »Einen kühnen, revolutionären Plan.«

»Wir könnten sprengen«, piepst Fatty voller Hoffnung, aber Raymond widerspricht ihm.

»Einen kühnen, revolutionären, *stillen* Plan«, sagt er.

Fatty hat einen Rest Popcorn aufgefressen und beginnt, an der Schachtel zu nagen. »Wenn wir nicht bald eine neue Idee haben«, beschwert er sich, »werden wir verhungern. Ich bin so hungrig – ich könnte die Tür fressen.«

Ich schaue ihn wütend an. Die Popcorn-Automaten müßten ein Jahr lang kaputt sein, bevor er endlich sein Normalgewicht hätte.

Aber Raymond starrt Fatty mit einem seltsamen Glitzern in den Augen an.

»Habe ich Krümel in den Barthaaren?« fragt Fatty nervös.

»Wiederhole, was du gerade gesagt hast«, sagt Raymond.

»Habe ich Krümel in den Barthaaren?« wiederholt Fatty.

»Nein, das mit der Tür.«

»Ich sagte, *ich bin so hungrig, ich könnte die Tür fressen.*« Fatty schaut Raymond an und fügt schnell hinzu: »Aber das war nicht ernst gemeint, nur so 'ne Redensart.«

»Warum nicht?« fragt Raymond. »Du frißt doch auch Popcorn-Schachteln, und wenn man es genau nimmt, ist Papier nur eine Form von Holz. Eine hölzerne Tür sollte zu schaffen sein.«

Fatty schaut völlig entgeistert drein, und Raymond sagt tröstend: »Oh, du mußt nicht die ganze Tür fressen, nur ein kleines Stückchen, damit wir durchschlüpfen können. Dann können wir kommen und gehen, wann wir wollen. Und nie wird es uns an Käse mangeln.«

Ich erkenne sofort: Diesmal haben wir den *richtigen* Plan. Von allen Seiten betrachtet narrensicher. Das einzige Problem ist vorläufig noch Fatty, der immer wieder sagt: »Ich mach das nicht, ich mach das nicht. Holz ist trocken und geschmacklos.«

»Fatty«, sage ich ganz sanft, denn ich weiß ihn zu nehmen, »schau mir in die Augen, Kleiner, und denk an Käse. Denk an Provolone, denk an Limburger, denk an Bel Paese, denk an Edamer, denk an Roquefort, denk an Romadur, denk an *Cheddar aus Wisconsin*!«

»Ich mach es«, sagt Fatty ergeben.

Der Einbruch des Jahrhunderts

Fatty hält sein Wort. In den nächsten Nächten arbeiten wir angestrengt. Fatty benagt das Holz am untersten Teil der Hintertür. Raymond und ich räumen die verräterischen Sägespäne weg, wie sie es in Filmen bei Gefängnis-Ausbrüchen mit den Steinen und dem Mörtel immer machen.

Geradezu unentbehrlich bin ich, wenn Fattys Zähne ermüden oder sein Mut nachläßt. Dann erzähle ich ihm von der Köstlichkeit, die da Cheddar heißt, von der aufregenden Erfahrung mit Camembert und all den anderen Delikatessen, die auf uns warten, nur noch ein paar Splitter entfernt.

Und endlich, eines Nachts, ist unser Tunnel fertig.

Er ist groß genug für uns alle und für Fatty, wenn er

den Atem anhält. Er ist schmal genug, um für ein menschliches Auge wie ein Spalt in der Tür auszusehen.

Ich betrachte unser Werk und weiß ohne jeden Zweifel: Wir sind dabei, den Einbruch des Jahrhunderts zu begehen!

Am nächsten Abend rufe ich meine Bande im Beratungszimmer zusammen, um letzte Anweisungen zu geben. »Nicht vergessen«, sage ich, »Schweigen ist Gold.«

Raymond nickt schweigend.

»Übermut tut selten gut.«

Fatty nickt eifrig.

»Der Spatz in der Hand ist besser als die Taube auf dem Dach.«

Fatty wirkt ein bißchen verwirrt, und so füge ich hinzu: »Schlag zu, solange der Käse heiß ist.«

»Hurra!« Fatty springt auf und macht ein paar Schritte des Käsetanzes.

»Wartet eine Minute«, sagt Raymond und schlurft zu seinem Lager. Als er zurückkommt, trägt er drei kleine Säcke bei sich. »Ich habe sie heute morgen zusammengenäht«, erklärt er voller Stolz, »aus Taschentüchern.«

Ich bemerke, daß einer ein großes gesticktes »M« auf

der Ecke hat. Der gehört natürlich mir. »Gut gemacht«, gratuliere ich, und Raymond errötet. »Nun aber los.«

Ich wiesele gekonnt zwischen Stühlen, Beinen und Menschenfüßen vor Fatty und Raymond her zum Ausgang. Graue Hosenbeine gehen hinaus und mit ihnen wir.

»So weit, so gut«, flüstere ich, »haltet euch zurück, während ich prüfe, ob die Luft rein ist.«

Sie bleiben zurück, und ich schleiche die Gasse entlang. Alles ist ruhig, keine Katzen oder Wachmänner auf ihrem Rundgang, kein Geräusch.

Doch eine Großstadt ist auch nachts voller Leben. Leuchtreklamen blinken, Autos hupen, die Gehsteige sind voller Menschen, auf dem Weg zu irgendwas. Ihre Gedanken sind auf das gerichtet, was sie gerade vorhaben, und so sehen sie mich nicht, als ich mich unter sie mische und mich zum Käseladen treiben lasse.

Ein kurzer Rundblick. Alles erscheint ruhig. Der Laden ist dunkel, keine Bullen in Sicht.

Ich eile zurück zum Kino.

»Pssst«, zische ich in die Dunkelheit, »die Luft ist rein.«

Zwei Schatten erscheinen an meiner Seite, und wir

schleichen die Gasse hinunter zu der Tür, in der unser Tunnel auf uns wartet. Ganz dicht davor halten wir noch einmal an, für einen letzten Rundblick.

Dann gehen wir durch den Tunnel, einer nach dem anderen, ich zuerst, dann Raymond, dann Fatty.

Im Inneren des Ladens ist alles dunkel und still. Nur ein sanftes Schnarchen ist zu hören. Es kommt von der Theke her, wo die Katze friedlich schläft. Ihr Schwanz ruht auf der Kasse. Einer nach dem anderen huschen wir über den freien Platz vor der Kasse.

Und dann liegt die Beute vor uns. Feta aus Griechenland, Mascarpone aus Italien, Emmentaler aus der Schweiz, Kümmelkäse aus Holland, Camembert aus Frankreich, Cheshirekäse aus England, Harzerkäse aus Deutschland. Herrlicher, köstlicher, duftender Käse.

Es ist ein großer Augenblick. Ich bin versucht, selbst den Käsetanz zu tanzen, aber ich reiße mich zusammen. Der Erfolg darf uns nicht zu Kopf steigen. Ich stupse Fatty und Raymond an. »Denk daran«, flüstere ich in Fattys Ohr, »nur den Sack vollmachen.«

Er nickt, und wir schlagen zu.

Blitzschnell bewegen wir uns zwischen Schachteln,

Fässern und Kisten, nehmen hier einen Krümel, dort ein Eckchen. Ich greife zuerst nach Stilton aus England, ein Stückchen Gorgonzola kommt in den Sack, und daß der

Emmentaler nun ein Loch mehr hat, wird der Feind kaum merken. Noch ein Stückchen Munster, und dann sagt mir irgend etwas, daß es Zeit zum Rückzug wird. Fatty ist auf der obersten Reihe des Regals mit einer Schüssel Portwein-Cheddar beschäftigt.

»Pssst«, flüstere ich, »wir blasen die Aktion ab.«

Zögernd klettert er aus der Schüssel. Und da passiert es: Unter Fattys Gewicht kippt die Schüssel um; einen Augenblick schwankt sie am Rande des Regals, dann kracht sie zu Boden. Raymond und ich erstarren zu Salzsäulen. Wir trauen uns kaum zu atmen. Die Katze bewegt sich, sie streckt sich, und ihre Krallen schimmern schrecklich im schwachen Licht.

Ich schließe die Augen. Ich kann nicht zusehen, wie sie Fatty verschlingt . . .

Und während ich noch auf das Ende warte, höre ich erneut sanftes Schnarchen von der Ladentheke. Ich öffne die Augen und atme wieder.

Aber genau in diesem Augenblick erscheint ein riesiger Schatten an der Vordertür.

»Nicht bewegen«, zische ich Fatty zu.

Raymond und ich ziehen uns noch tiefer in den Laden zurück. Irgend etwas kommt mir bekannt vor; es erinnert mich an einen Film, den ich einmal sah. Und dann fällt es mir ein – so sehen Bullen aus.

Es ist ein Bulle. Er späht in den Laden und schwenkt seinen Gummiknüppel. Er steht da – uns kommt es wie Stunden vor –, kratzt sich am Kopf und geht weiter.

Endlich kann ich ausatmen. Raymond nickt mir zu und zeigt auf die Hintertür.

»Rückzug«, flüstere ich.

Fatty klettert von seinem Regal, und wir machen, daß wir zur Tür kommen.

Ich krieche durch den Tunnel nach draußen, Raymond dicht hinter mir, und wir schleichen uns durch die Gasse, als wären wir ein Teil der Nacht. Wir erreichen den Kinoausgang gerade, als jemand die Tür öffnet, und sind gerettet.

»Puh«, seufze ich, und lasse mich auf den Boden im Beratungszimmer fallen. »Das war knapp.«

Ein paar Minuten ruhen wir uns aus und versuchen, zu Atem zu kommen, als Raymond sich plötzlich aufsetzt.

»Fatty!« sagt er. »Wo ist Fatty?«

Fattys Rettung

Ich schau mich um. »Er war direkt hinter dir«, sage ich, »er muß jede Minute kommen.«

Eine Minute vergeht, und Fatty taucht nicht auf.

Raymond die Ratte sieht besorgt aus. Eine weitere Minute vergeht, und er beginnt, auf und ab zu gehen. Nach der dritten Minute sagt er: »Marvin, wir müssen der Wahrheit ins Auge sehen. Fatty, unser Freund und Mitglied, ist geschnappt worden.«

Traurig nicke ich. »Geschnappt und ins Gefängnis geworfen. Armer Fatty.«

Ich hole mir aus meinem Sack einen Krümel Munster, um stark zu bleiben. Raymond wandert

weiterhin auf und ab. Eine Träne glitzert in seinem Auge. »Wir müssen ihn retten«, sagt er.

»Er kriegt den besten Rechtsverdreher«, murmele ich schläfrig. Der Boden ist weich, und unsere Flucht hat mich müde gemacht.

»Wir müssen Fatty retten!« sagt Raymond und bleibt unmittelbar vor mir stehen. »Sofort, bevor es zu spät ist!«

»Sofort, bevor er uns verpfeift!« Ich springe auf, wieder hellwach und bereit, meine Verantwortung als Boss zu tragen.

Draußen in der Gasse spähen wir nach allen Seiten. Keine Bullen in Sicht. Vielleicht können wir Fatty noch retten. Vorsichtig schleichen wir zum Laden zurück und horchen an der Hintertür.

Alles ist ruhig, viel zu ruhig.

»Das könnte eine Falle sein«, murmele ich, krieche aber mutig in den Tunnel.

Und stoße an eine Nase. Überall würde ich diese Nase erkennen. Sie gehört Fatty.

»Fatty«, flüstere ich, »bist du das?«

Die Nase zuckt, und ein dünnes Stimmchen antwortet: »Hilfe!«

»Was ist passiert?« frage ich.

»Ich komm nicht mehr durch den Tunnel«, jammert das Stimmchen.

Ich hätte wissen müssen, daß das passieren würde.

Man kann sich einfach nicht darauf verlassen, daß Fatty Befehlen gehorcht. Er hat zuviel Käse gefressen!

»Hab keine Angst«, ruft Raymond, »wir werden dich retten.«

»Geh nochmal zurück und dreh dich um«, befehle ich. »Wir ziehen an deinem Schwanz.«

Beide schnappen wir uns seinen Schwanz und ziehen. Fatty quiekt laut.

»Ruhe«, brülle ich.

»Nur Mut«, sagt Raymond.

Wir versuchen es erneut, aber es ist sinnlos. Fatty steckt jetzt in dem Tunnel wie ein Korken in der Flasche. Dann bemerke ich etwas, was ich bisher nicht gesehen habe. Am unteren Ende des Tunnels verläuft ein dünner Draht. Vielleicht hält der Fatty auf, denke ich.

Ich zeige Raymond den Draht. »Nicht . . .« beginnt er zu sagen, aber ich bin nicht ängstlich. Ich packe den Draht und ziehe.

Es ist wie Weltuntergang. Ein schrilles Geräusch, lauter als jede Filmmusik, klingelt in unseren Ohren, Trillerpfeifen gellen, Reifen quietschen, Füße trappeln in der Gasse. Bevor wir uns vom Fleck rühren können, sind wir umzingelt.

Drei Bullen nähern sich mit gezogenen Kanonen. Ein

Quiiiiek
Nahaufnahme

Scheinwerfer strahlt die Hintertür an, und eine Stimme brüllt durch ein Megafon: »Kommen Sie mit erhobenen Händen heraus.«

Wir haben keine Wahl. Raymond und ich treten ins Scheinwerferlicht, die Pfoten über den Kopf erhoben.

Eine Niederlage in Sieg verwandeln

Es ist der verzweifelste Augenblick meiner Laufbahn.

Einige Sekunden starren uns die Bullen bloß an. Dann beugt sich einer von ihnen, groß wie ein Berg, mit leuchtend roten Haaren, herab und packt Raymond und mich bei den Schwänzen. Noch nie wurden wir so entehrt.

Ein anderer Bulle bemerkt einen dicken Schwanz in dem Tunnel und zieht daran, und heraus fluppt Fatty.

Wir baumeln in der Luft, während sich die Bullen wechselseitig ansehen. Und dann bahnt sich ein Mann seinen Weg durch den Kreis der Bullen. Er ist ein Riese und sieht so bösartig aus wie der Große Boss. Er trägt einen Mantel über gestreiften Pyjamas.

Mein Herz rutscht mir in die Hose. Es ist der Feind. Sein Gesicht ist gerötet, und sein Bart zittert. »Was ist hier los?« fragt er.

Der Rotschopf schaut ihn von oben bis unten an. »Und wer bitte sind Sie, Freundchen?« fragt er.

»Ich heiße Sammartino, und der Laden gehört mir«, sprudelt der Feind heraus. »Wo sind die Diebe? Ich hörte die Alarmanlage und bin gekommen, um die Gauner in Stücke zu reißen.« Er bewegt seine Arme und brüllt, und gleichzeitig werden Raymond und ich hochgehoben und ihm vor die Nase gehalten.

»Hier sind Ihre Diebe«, sagt der Rotschopf ruhig.

Der Feind hört auf, mit den Armen zu rudern, und blinzelt uns an. Er langt in die Tasche nach seiner Brille und setzt sie auf. Er starrt uns aus kalten, stahlgrauen Augen an. Endlich sagt er mit viel ruhigerer Stimme: »Diese? Das sind Einbrecher?«

»Das sind sie«, antwortet der Rotschopf. Ein Lachen beginnt irgendwo in einem Mundwinkel und breitet sich auf seinem ganzen Gesicht aus, und Raymond und ich hüpfen im Takt auf und ab. »Clevere Burschen, was? Ich und meine Jungs haben sie auf frischer Tat erwischt. Sollen wir sie wegen Einbruchs einlochen?«

Der Feind schüttelt langsam den Kopf, als könne er seinen Augen nicht trauen.

Halbtotale
Hä?
KÄSE

Die Bullen werden unruhig und stecken die Kanonen in die Halfter. »Wir müssen uns wieder auf den Weg machen«, sagt der Rote. »Sollen wir uns um die Gangster kümmern?«

Erneut schüttelt der Feind den Kopf. »Nein«, sagt er und seine Stimme ist leise, aber finster. »Ich kümmere mich um sie.« Er hält seinen Hut auf, und die Bullen werfen uns alle drei hinein.

Ihre schweren Stiefel entfernen sich; ein Motorrad wird angelassen.

»Danke für die Hilfe«, ruft der Feind.

»Schon gut«, antwortet ein Bulle, und das Motorrad entfernt sich.

Dann bewegt sich der Hut, und wir hören, wie sich ein Schlüssel im Türschloß dreht. Wir drängen uns auf dem Boden des Hutes zusammen. Nun werden wir wohl als Mahlzeit für die verdammte Katze enden! Raymond die Ratte versucht ein Zittern zu verbergen, während

Fatty laut schnüffelt. »Auf Nimmerwiedersehen«, schluchzt er.

Dann ist alles vorüber. Der Hut wird umgestülpt, und wir fallen hinunter, hinunter in den dunklen Rachen der Katze. Mein ganzes Leben läuft noch einmal vor mir ab, wie ein Film, das Leben eines tollen Gangsters auf der Höhe seiner Laufbahn.

Wir landen auf etwas Hartem. Hart wie Metall, nicht wie Zähne. Ich öffne die Augen einen Spalt und sehe, daß wir auf der Waage liegen, auf der der Feind den Käse wiegt. Die Katze ist auch da und starrt uns böse an. Wir werden wohl für's Frühstück aufbewahrt.

»Soso«, sagt der Feind sanft, »das sind die gerissenen Diebe.« Er beugt sich dicht über uns, fast berührt uns sein Bart, und betrachtet uns gedankenvoll durch seine Brille. Ein bißchen sieht er aus wie Raymond, wenn er nachdenkt.

Ein kleiner Hoffnungsschimmer erwacht in mir. Erneut erinnere ich mich daran, daß keine Sache so verfahren ist, daß nicht noch ein Sieg daraus zu machen ist. Nun heißt es mutig und tapfer sein.

Tollkühn sehe ich dem Feind ins Auge. Ich bemerke, daß seine Augen nicht wirklich eiskalt und stahlgrau sind, sondern eher wässrig blau mit Fältchen an den Rändern.

Und plötzlich weiß ich: Es gibt eine Chance, der Feind hat eine Schwäche.

Ich stoße Fatty an. »Steh auf«, flüstere ich.

Raymond bekommt meinen Ellenbogen ins Kreuz. »Schau beschämt drein.«

Meine Bande scheint zu begreifen. Wir drei stehen ganz klein und bescheiden da, wie reuige Sünder.

»Ich glaube, ihr wart bloß hungrig«, sagt der Feind kopfschüttelnd. »Ihr seid so dünn.« Seine Lachfältchen zucken. Jetzt weiß ich, wir haben ihn. Er hat ein gutes Herz. »Heule«, flüstere ich Fatty zu.

Zum erstenmal gehorcht er sofort und ohne Widerrede. Riesige Tränen rollen an seiner Nase herunter und bilden eine Pfütze auf seinem runden Bauch.

»Und was soll ich jetzt mit euch anfangen?« fragt der Feind sich selbst. »Bald kommt der Winter, und wenn ich euch aussetze – was wird da wohl so kleinen, hilflosen Geschöpfen im Schnee alles zustoßen?«

Lange Pause, während ich beginne, Hoffnung zu schöpfen. Der Feind wickelt seinen Bart um einen Finger, genau wie Raymond, wenn er nachdenkt.

Endlich sagt er: »Da gibt es nur eines. Ich behalte euch hier, im Laden, bei Giovanni und mir. Es gibt genug Käse zu fressen, und ihr werdet uns Gesellschaft leisten. Mäuse mochte ich schon immer, sie erinnern mich an unseren Bauernhof in Valenza.«

Sein Schnurrbart hebt sich über einem breiten Lächeln, und Fattys Tränen versiegen sofort.

Wir stehen aufrecht und schauen ernst, tapfer, dankbar und hoffnungsvoll zu ihm auf.

Signor Sammartino schaut die Katze streng an. »Du

Totale nah
original
FRANKFURTER
HAND-KÄS

mußt nett sein zu unseren Freunden, Giovanni«, sagt er zu ihr. »Sie werden jetzt hier leben.«

Giovanni sieht verbittert aus.

»Als erstes«, fährt Sammartino fort, »muß ich euch ein schönes, warmes Nest machen.« Er nimmt uns auf, sanft diesmal, und steckt uns in die Tasche seines Mantels.

In der warmen Dunkelheit stupsen wir uns gegenseitig an und schütteln uns die Hände.

»Endlich doch der Erfolg«, sagt Raymond.

»Was tätet ihr ohne mich«, füge ich bescheiden hinzu.

Grössere Taten

Wir leben in Saus und Braus. Signor Sammartino hat uns im Hinterzimmer untergebracht, auf einem alten grauen Pullover in einer Käseschachtel, und versorgt uns mit einem nie versiegenden Käsevorrat. Fatty verbringt die meiste Zeit mit Essen, er wird jeden Tag runder. Raymond liest stundenlang den *New York Globe*, von der ersten bis zur letzten Seite.

Nur ich bin ruhelos. Ich bin es leid, von Signor Sammartino angelächelt zu werden. Ich bin es leid, stets die gleichen vier Wände anzustarren, und ich bin es leid, all den Käse zu haben, den ich verdrücken kann. Ich will *action*.

Eines Tages sage ich zu meiner Bande: »Wir müssen Giovanni loswerden.«

Fatty nimmt einen riesigen Käsehappen und fragt faul: »Warum?«

Raymond schaut von seinem *Globe* auf. »Er hat uns bisher nie gestört, Marvin«, sagt er milde. »Du hast es doch gehört, Signor Sammartino hat ihm gesagt, er soll nett zu uns sein.«

»*Gnadenloser* Marvin«, korrigiere ich ihn scharf. »Ich mag nun mal Giovannis blödes Grinsen und seinen Blick nicht.« Ich starre ihn so böse an, wie ich nur kann. »Außerdem wird's Zeit für ein neues Ding.«

Die beiden hören überhaupt nicht zu. »Ich glaub, ich mach ein Nickerchen«, murmelt Fatty und verschwindet in einem Ärmel. Raymond wendet sich dem zweiten Teil seiner Zeitung zu. Nach einer Minute sagt er: »Hier ist eine Geschichte, die dich vielleicht interessiert, Marvin. *Großer Juwelenraub in der Madison Avenue. Diebe entkamen mit Beute im Wert von $ 50 000!* Hier ist auch ein Foto und so.«

Ich schaue über Raymonds Schulter auf ein Foto, auf dem die Bullen traurig in einen leeren Safe blicken. Irgendwas auf diesem Bild bringt mich dazu, sofort einen Entschluß zu fassen.

»Leute«, hebe ich an, »ich muß euch etwas sagen.« Wie üblich braucht es etwas Überredungskunst, um ihre Aufmerksamkeit zu wecken. Zu guter Letzt packe ich

Fatty am Schwanz und ziehe ihn aus seinem Ärmel. Schläfrig blinzelt er mich an.

»Also«, sage ich. »Raymond, Fatty. Schaut mir in die Augen, Freunde! Die Zeit ist gekommen, wo ich euch verlassen muß.« Endlich habe ich ihre ungeteilte Aufmerksamkeit.

»Wir haben hier das beste Auskommen«, fahre ich fort. »Allen Käse der Welt, einen alten Mann mit gutem Herz, alles in Butter. Aber das problemlose Leben ist nichts für mich. Ich bin zu größerem geboren. Juwelenraub, Bankeinbrüche – vielleicht kommt mir ja sogar mal 'ne Käsefabrik unter, wer weiß.«

Ich mache eine Pause wegen des dramatischen Effekts.

»Nein, versucht gar nicht erst, es mir auszureden. Mein Entschluß steht fest.«

Sie protestieren laut, und Fatty weint sogar ein bißchen, aber ich bleibe hart.

Am gleichen Tag suche ich meine Ausrüstung zusammen – eine Käseration für ein paar Tage, eine Rolle Seil, einen Umschlag mit Pfeffer. Ein letztes Mal gehe ich durch den Käseladen, säubere ihn von ein paar Käsekrümeln, zwicke Giovanni zum Abschied und bin abmarschbereit.

Als ich in meinen Regenmantel schlüpfe und den Hut ins Gesicht ziehe, sagt Raymond: »Marvin – äh, Gnadenloser Marvin – wir wollen dir noch etwas geben, bevor du gehst.« Feierlich überreicht er mir einen goldenen Stern von einem Käse, der auf einer Käsemesse den ersten Preis erhalten hat. »Du warst uns ein guter Boss in guten und in schlechten Tagen«, erklärt er.

Plötzlich bin ich sehr glücklich mit meiner Bande; ich weiß, ich werde sie vermissen, wenn ich erst wieder draußen bin. »Das war gar nichts«, sage ich zu ihnen. »Ihr hättet allerdings auch einen schlechteren Führer finden können.«

Sie singen ein paar Zeilen des Liedes »Hoch soll er leben«, und Fatty tanzt noch einmal zum Abschied den berühmten Käsetanz. Dann begleiten sie mich zum Tunnel.

»Mach's gut«, heult Fatty Zündhütchen, und Raymond die Ratte hat Tränen in den Augen.

»Auf Wiedersehen, Freunde. Ich ziehe los, um die Welt zu erobern«, sage ich und schlüpfe aus der Tür.

Draußen atme ich tief ein. Die Luft ist kalt, aber ich fühle mich gut – die Welt ist weit und groß und voller Versprechungen. Ich weiß, daß ich, Gnadenloser Marvin, mit ihr fertig werde ...

ENDE